じごく小学校

わるい子通信

みなさん、「じごく小学校」を
ごぞんじですか？
じごく世界にある「じごく小学校」。
そこは、いたずらしたり、わるいことをしたりすると、ほめられる
という世にもすてきな小学校です。
今日も、たくさんの子どもたちがいずれりっぱなじごくの門番に
なるために、元気いっぱいわるいことをしています。

校長先生が見つけた『いたずらの天才』、板図良強。
今回は、ついにあの板図良さんがあの約束をやぶってしまいました。
わたしたちは、この日をどれほど待ちわびたことか！
じごく小学校では、ライバルの登場でまさかのいたずら対決が！
はたして、どんないたずらが見られるのか……
お楽しみに。

じごく小学校

有田奈央・作
安楽雅志・絵

いたずらの天才と悪の優等生

いたずらっ子のみなさん、
じごく小学校でお待ちしております！

ポプラ社

ぼくは4年2組の板図良強。
昼ねをしたせいか、夜なかなかねむれない。
そこで、お父さんにいたずらをすることにした。

「今だよ、強くん！」
いたずらペンで絵をかくと、テレビの画面からオバケがとびだした。
「うわぁぁぁ〜!!」

お父さんはすごくこわがりなんだ。
予想以上にこわがっている。
「あははははは」

「そろそろねようか、いたずライオン」
明日はどんないたずらをしようかな。
ぼくといたずライオンは、ベッドの中でしばらくわらっていた。

次の日。
　朝ごはんを食べている時に、うっかりスープをこぼして、ズボンがぬれてしまった。
「あーあ、洋服にこぼしちゃって」
　お母さんはあきれ顔でため息をついた。
「ほら強。さっさと着がえてきなさい。まったく、よそ見しているからよ！」

フンだ。わざとじゃないのに、そんな言い方しなくてもいいじゃないか。
「オニババァ…」

「何ですって？　強、今なんて言った？」
　こっそりつぶやいたつもりが、聞こえていたようだ。お母さんがこわい顔でにらんだ。

「バパァ〜と、こぼしちゃったなぁ、
　　　って、言っただけだよ」

「そういえば、この間のテスト8点だった
でしょう。だいたい強は……」
　しまった。こうなると長くなる。
　ぼくはいたずらペンを使った。

すると、小鳥が部屋の中をぐるぐるとびまわった。
「きゃぁっ、小鳥!? どこから入ったのかしら」

「ふぅ」
　朝からお説教はかんべんだ。

「強くん、着がえないと」

「あ、そうだった」

　急がないと、またちこくギリギリだ。

「じゃ、行ってくるね」
「行ってらっしゃい」
「あ、そうそう。お母さん、冷ぞう庫の中のぼくのモンブラン食べないでよ。帰ってきておやつに食べるんだから」
　お父さんが出ちょうの時に買ってきてくれたモンブランは大人気で、なかなか手に入らない。長い行列にならんで買ってきてくれたんだ。
　お母さんはしまった、という顔をした。

そう言って、お母さんはそそくさとせんたく物をほしに行った。
「くぅ〜、お母さんめ！」
ぼくは、また
いたずらペンを使った。
「きゃぁぁぁ〜！」
へへ〜んだ。

学校に行くとちゅう、ルリちゃんに声を
かけられた。最近はよくいっしょに登校している。
「板図良さん、おはよう」
「あ、ルリちゃん、おはよう」
「あら、うかない顔してどうしたの」
「うん、朝からちょっとね。
ルリちゃんはずいぶん
ごきげんだね」

「うふふ。だって今日は、板図良さんといっしょにじごく小学校に行けるんだもの！」
「ええっ!? 何だって？」
ぼくは耳をうたがった。

「じごく小学校に行くってどういうこと？」
「だって板図良さん、今日いたずらペンを3回使ったでしょう。さっき校長先生から板図良さんをじごく小学校に連れて来るように言われたよ。昼休みに行こう」

「待ってルリちゃん。きっと何かの間ちがいだよ。たしかに朝、いたずらペンを２回お母さんに使ったけど、３回も使ったおぼえはないよ」

「いいえ、使ったはずよ」

「強くん……」

いたずライオンがおそるおそる言った。

「強くん、お父さんにいたずらをした時、たしか夜12時くらいだったよ。もしかして日付けがかわってしまっていて、今日使ったことになるとか……？」

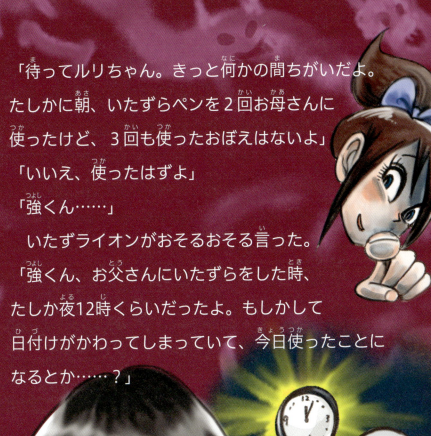

「きっとそれよ！」
　ルリちゃんがうれしそうな顔をした。
「いたずらペンを使う時、夜の12時前後はとくに気をつけないと、1秒でもすぎたら次の日のいたずらにカウントされるからね」

「そんなぁ！」
　何てことだ。うっかりしていた。
　じごく小学校に行かなくてはならない。

「ほれ、ルリ。ふでばこをわすれておるぞ」

「あ、本当だ。ありがとう」

「ルリちゃんのおじいちゃん、おはようございます」

「ふむ。おはよう」

「ルリ、行ってらっしゃい。

にくまれっ子、世にはばたく、だからな」

「はーい。行ってきまーす」

「ほら、板図良さん。早く行こう」

「行きたくないよ……」

ルリよ……。何て楽しそうにわらうのだ。

あんなルリはこれまで見たことがないぞ。
おそらく板図良強という、あの少年のことが
好きなのだな。何でもいたずらの天才だとか。

ワシも昔、人間世界の女の子に恋をしたものだ。
もっともじごく世界のおきてで、ゆるされぬ恋で
あったが。

海さんは今どこにいるのだろうか。

しかし、はたしてルリは人間世界の
板図良強少年とどうなることやら。

キンコーン、カンコーン。
　昼休みになると、すかさずルリちゃんがやってきた。
「板図良さん、じごく小学校に行くよ。早く音楽室に行こう！」
　行きたくない。でも、もし行かなかったらどうなるだろう。

「……わかったよ」
ぼくはルリちゃんに連れられて、音楽室に向かった。校長先生との約束だから、こうなったら行くしかない。

「強くん、どこに行くの。いっしょに遊ぼうよ」
てるよちゃんとよっちゃんによびとめられた。
「ごめん、ちょっと行くところがあって」

「待ってよ〜」
「やだ、あの二人が追いかけてくる。急いで、板図良さん」

ガラッ。

「あれっ？　強くんとルリちゃんがいない！
さっきたしかに音楽室に入っていったのに」
　だれもいない音楽室を見て、てるよちゃんと
よっちゃんは、びっくりしたようだ。

「ちょっと、どうして大木井さんがいるの」
気がつくと、ぼくとルリちゃんと大木井さんは
じごく小学校に来ていた。

「うわぁ、ここどこだよ。音楽室でマンガを読んでいたのに！」
「大木井さん、音楽室にいたんだ……。いっしょに連れてきてしまったんだね。どうしようか？」

その時だ。聞きおぼえのある声が聞こえた。
「何やらにぎやかですな。どうしましたかな」

校長室から校長先生が出てきた。
「がはははは。板図良強さん、ようやく来てくださったな。お待ちしておりましたぞ」
「校長先生！」
「おや？　見なれない顔がありますな」

事じょうを説明すると、校長先生はうなずいた。
「なるほど。そうでしたか。なに、問題はありません。それよりも板図良強さん。いたずらペンを3回使ったから、今日はじごく小学校の授業を受けてもらいますぞ。よろしいですかな」
「……はい」
　ぼくは、しぶしぶうなずいた。

「そうそう、板図良強さん。このいたずらペンが使えるのは人間世界のみ。ここではざんねんながら一切使えませんぞ。がはははは」

「そっかぁ、使えないんだ……」
「おーい、何なんだ。一体ここはどこだよ。この人はだれだよー」
「大木井さん、静かにしてよ」

そんなわけで、ぼくとルリちゃんと大木井さんは、授業を受けるために、４年１組の教室に向かった。
「強がこの前言っていたじごく小学校って、ここのことだったのか。本当にあったんだな」
「うん。そうだよ」
　大木井さんはようやく信じてくれたようだ。
「で、何でルリちゃんもいるんだよ」
「いいでしょう。わたしはいつも板図良さんといっしょなの」
「けっ」

「ホネ山先生、この子は大木井丸男さんです。校長先生のていあんで、今日わたしたちといっしょに授業を受けることになりました」

「そうですか。わかりました。さぁ、ともあれ、みなさんお待ちかねですよ！」

「はいはい、みなさんお静かに。今日はもう一人、新しいお友だちがいますよ。自己紹介をどうぞ！」

「大木井丸男です。好きなものは、肉だんごマンというマンガとドッジボールです。よろしく」

4年1組のみんなは、はくしゅでむかえた。
「それでは、3人に席を用意しますね。
みなさん授業をはじめますよ」

さっそく国語の授業がはじまった。
ホネ山先生が黒板に文字を書いていく。

問題 □の道も一歩から

「□の中に入る言葉は何でしょう？」

ホネ山先生は教室を見回す。
「では、久しぶりに頭類ルリさんに答えてもらいましょうか」
「はい。帰りの道も一歩から、です」
「うーん。頭類さん、ちがいます！」
どうやらその答えではないようだ。

「板図良さんは、答えられますか？」
　ホネ山先生が、今度はぼくに聞いた。
　じごく小学校では、きっとこの問題の答えは……
これだ。
　「悪事の道も一歩から、です」

「ええと、悪いことを成しとげるには、はじめの一歩から着実にはじめていくことが大事という意味です」

「そのとおりっ!?」

「さすが、板図良さんね」

「へへっ」

　他にも「悪は身を助ける」とか、「悪いものにはまかれろ」とか「能ある鬼はツノをかくす」とか、きみょうなことわざを教わって、国語の授業は終わった。

「いつも落ちこぼれの強が、なんでほめられているんだよ」
「たまたまだよ」

次は道徳の授業だ。
「さぁ、いつも通り、みなさんで答えを考えていきましょう」
「はーい」

「あなたはりんごを1コもっています。そこへ、おなかを空かせて、今にもたおれそうな男の人がやってきました。りんごを食べたいと言っています。あなたはどうしますか？どんな答えが良いでしょう？」

とつぜん、大木井さんが手をあげて立ち上がった。「はい、はいっ！」

「おや、大木井さん。いせいがいいですね！では、答えてもらいましょうか」

問題 正しいのはどれ？

①リンゴをあげる。

②リンゴをあげない。

③リンゴの皮をあげる。

「リンゴをあげます。なぜなら困っている人を助けるのは良いことだからです」

「大木井さん、元気に答えてくれましたが、その答えはちょっとちがうようですね」
ホネ山先生がざんねんそうに言った。
「ええっ!? ちがうの?」
「はいっ」
「鬼野王子さん、どうぞ」
「リンゴの皮をあげます。リンゴの皮は食べられますが、おなかいっぱいにはならないので、がっかりさせられます」

「学校の帰り道で、とつぜん大雨がふって
きました。あなたはかさをもっていたので何の
問題もありません。ふと見ると、近所に住む
おばあさんがいました。おばあさんは、
ぬれて困っています。さぁ、こんな時、あなたは
どうしますか？」

問題　正しいのはどれ？

①おばあさんをかさに入れてあげていっしょに帰る。

②おばあさんをむししてかえる。

③おばあさんにかさをかして自分は走って帰る。

「どのような答えがいいでしょうねぇ」
　また、大木井さんが手をあげた。
「はい、はいっ！」
「おや、大木井さん。今度は　　　　いい答えが言えそうですね。どうぞ」

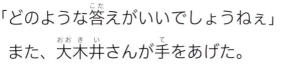

「おばあさんにかさをかして自分は走って帰ります」

「うーん、大木井さん。今度の答えもちょっとちがうようですね。よく考えてみてください」

「えっ、またちがうの!?」

「ここは、やはり板図良さんに答えてもらいましょうか」

ホネ山先生が、またぼくに向かって聞いた。

「はい。おばあさんをかさに入れてあげていっしょに帰ります」

ぼくがそう答えると、教室内がざわついた。

え〜!? 何で〜!?

「どうしたんだろう、板図良さんらしくない答えだな」

「答えは、どう考えてもおばあさんをむししして帰る、だよね」

「板図良さんでも間ちがえることがあるんだ」

「みなさん、お静かに。正解は一つではありませんからね。はて、板図良さん。その答えになったのはなぜですか？」

「何てすばらしい答えでしょう！　いっけん親切に見せかけながら、おばあさんからお金をもらうという高度なテクニック！　おばあさんは雨にぬれてかぜをひいてはたいへんでしょうから、きっとお金をはらうでしょう。いやはや、板図良さんの天才っぷりにはおそれいりました！ブラボー！」

キンコーン、カンコーン。
休けい時間になった。
「けっ。なんだよ、この学校」
大木井さんがボールを思いきり投げつけた。

すると、そのボールが当たって、花びんがわれてしまった。

パリーン！

「わ、しまった」

大木井さんは、その場からこっそりにげようとしたけれど、腹黒さんに見られていた。

「この花びん、大木井さんがやったのね」

「いや、ちがう……」

「大木井さん、ボールを投げて花びんをわるなんて良いですね。その悪さは、じごく世界でも役立ちそうです」
　ホネ山先生が、大木井さんをほめたたえた。
「そ、そうかな！」

「今度はゴミ箱に向けて投げてごらんなさい」
「はいっ」
　大木井さんはありったけの力をこめて、ボールをゴミ箱に投げつけた。

「大木井さん、良かったら、こっちの小学校に転校してきませんか？　いたずらの方は、これからゆっくり教えてあげますから」
　ホネ山先生がとんでもないことを言いだした。

「大木井さん、おいでよ」
「ここでいっしょに学ぼうよ」
「はーい。じごく小学校に転校しまーす！」
　大木井さんまでそんなことを言いだした。

「ちょっと大木井さん、やめておきなよ。ここはじごく小学校なんだよ」
「いいんだよ。オレはこの学校に行くぞ。オレの力を見せつけてやる！」

「どうしようか、ルリちゃん。大木井さんあんなこと言っているよ」
「いいじゃない。大木井さんをじごく小学校においていけば」

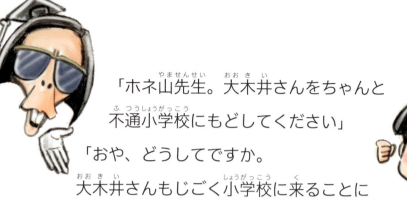

「ホネ山先生。大木井さんをちゃんと不通小学校にもどしてください」

「おや、どうしてですか。大木井さんもじごく小学校に来ることに乗り気のようですよ」

「ダメです。そんなの」

「大木井さんの代わりに、板図良強さんがじごく小学校に転校してくれるならねぇ……。校長先生もおのぞみですし」

「ええっ！？　いたずら対決？？」

「板図良さんが勝てば、大木井さんを不通小学校にもどしてあげましょう。しかし、板図良さんが負けた場合は、大木井さんをじごく小学校に転校させてもらいます。

いかがですか？」

大木井さんを連れてきてしまったばかりに、なんだかめんどうくさいことになってきた。
「やだよ……」
「板図良さん、ぼくとの勝負に勝つ自信がないのかい？」
鬼野さんがわらいながら言った。

「何よ、板図良さんがいたずら勝負で負けるわけがないでしょう。ね、板図良さん」
「強くん、やっちゃえ〜」
「う……」
「板図良さん、勝負しようよ」
「わかったよ」

いたずら対決 その2

「0点をとってしまい、お説教されている
あなた。お説教を早く終わらせるために、どんな
いたずらをしますか？」

💀 鬼野さん「空にUFOが

とんでいるぞ！　と

さけんで気をそらす」

「今のところ引き分けです。いい勝負ですね。
最後の勝負は、音楽室にいどうして行います」
ホネ山先生についてクラスの
みんなも音楽室に向かった。

「ここに大きな紙を2枚、用意しました。お二人には、あっとおどろくようなふざけた絵をかいてもらいます。よりふざけた絵をかいた方の勝ちです！」

「え〜、ふざけた絵？」
「はい。思いつきで、それぞれふざけた絵をかいてください。制限時間は10分です。この勝負で決まりますからね」

ぼくはあせった。ふざけた絵で勝負だなんて。どうしよう。何をかけばいいのかな。

「ようい、スタート！」

ぼくの不安をよそに、自信満々の鬼野さんがペンを走らせた。

どうしよう、どうしよう、どうしよう！この勝負に負けてしまったら、大木井さんはじごく小学校行きだ。負けるわけにはいかない。でも、一体どんな絵をかこう……。

「板図良さん、大丈夫よ。自信をもって」
「強くんファイト〜」

「ようし」
　こうなったら……。

「鬼野さんのふざけた絵！　さすがです。これはいいですね！」
「フッ、パーフェクト！」

「板図良さんは、どのような絵をかいたのでしょう。さぁ見せてください」
「これです！」

「これは、ふざけています！
ふざけすぎています！　フンコロガシに！
しかも上下さかさまにしても顔に見える！
すばらしい〜。板図良さんの勝ち!!」

　わぁぁ〜!!

「やったね、板図良さん！」

「負けた……」
　完全にぼくの負けだ……。すぐにあの絵を思いつくとは。板図良強、おそるべし！

「板図良さん、おめでとう。すばらしい絵だね」
「鬼野さんの絵もすごくいいよ」

……板図良強、今回は負けてしまったが、
いつの日か、また勝負する時は負けないぞ。

「はい、みなさん。教室にもどってください。

板図良さんと頭類さんと大木井さんは、音楽室に

残ってください」

「はーい」

「板図良さん、またね～」

「おい、強。この絵は何だよ。
オレの大好きな肉だんごマンを笑いものにして。
オレのヒーローなのに」

「ご、ごめん。そんなつもりじゃ……」
　鬼野さんとの勝負に勝ったけれど、ぼくの
むねはチクリといたんだ。大木井さんは
肉だんごマンのことが本当に好きなんだ。

「今日の対決、楽しかったですね。約束通り、そろそろ不通小学校にもどってもらいましょう」
「あれ？　ルリちゃんは？」

「おや、さきほどまでこちらにいたのに、どこに行ったのでしょう？」

　その時だ。
　なきながらルリちゃんがやってきた。
「うわぁぁぁん!!」
「ど、どうしたの、ルリちゃん」
　みんなは、びっくりした。いつも強気な
ルリちゃんがないているなんて。

「パパにおこられちゃったの」
「パパに？」
「今回のことで、せっかく板図良さんをじごく小学校に転校させるチャンスだったのに、いたずら対決でも板図良さんをおうえんしていたから。
今度またこんなことをしたら不通小学校をやめさせるって言うの」

　ルリちゃんがぼくをじごく小学校に転校させようとするのはイヤだ。でも、一生けんめい不通小学校になれようとがんばっていたのに、そんなことを言われたなんて。
「ぼくがルリちゃんのお父さんに文句を言ってあげるよ。そんな大人の勝手な都合で！　でも、どうしてルリちゃんのお父さんがそんなことを知っているの？　ルリちゃんのお父さんって……？」

「ルリ、そのことはないしょにしておくようにと言ったはずですぞ」

そこへ、校長先生があらわれた。
「だってぇ、うっかり口がすべっちゃった」
「やれやれ」

なんてことだ。ルリちゃんのお父さんが校長先生だなんて。でも、よくよく考えると、全てなっとくのいくことだ。ぼくは今までどうして気がつかなかったんだろう。

「強くん、顔はぜんぜんにてないね」

「うん」

「板図良さん、いたずら対決、みごとでしたぞ。ざんねんですが約束通りみなさんとともに不通小学校におもどりくだされ。またお会いできるのを楽しみにしていますぞ」

ぼくたちは、来た時と同じように、光に
つつまれて不通小学校にもどった。
「うわぁぁぁ〜」
気がつくと、不通小学校の音楽室にいた。

「大木井さん、無事にもどれたね」
「何のことだよ、強。オレはマンガを
読んでいるんだ。
じゃまするなよな」
「えっ」

おどろいたことに大木井さんはじごく小学校にいたことを全くおぼえていなかった。
「きっとパパ……、校長先生にきおくを消されたと思うよ」
「そんなこともできるんだ……」
　さらに、おどろいたのは、じごく小学校に長くいたのに昼休みがまだ終わっていなかったことだ。時間の流れもちがうらしい。
「強くん、どこに行っていたの。ルリちゃん、強くんを連れまわさないで」

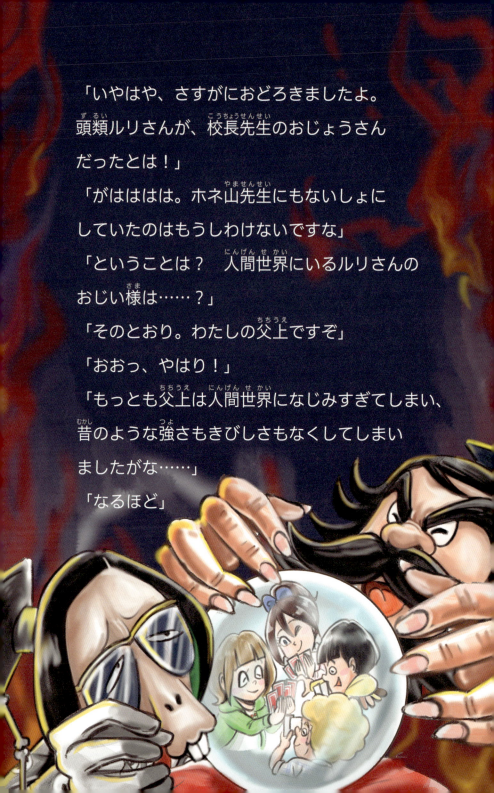

「いやはや、さすがにおどろきましたよ。頭類ルリさんが、校長先生のおじょうさんだったとは！」

「がはははは。ホネ山先生にもないしょにしていたのはもうしわけないですな」

「ということは？　人間世界にいるルリさんのおじい様は……？」

「そのとおり。わたしの父上ですぞ」

「おおっ、やはり！」

「もっとも父上は人間世界になじみすぎてしまい、昔のような強さもきびしさもなくしてしまいましたがな……」

「なるほど」

今日はいたずら対決をしたり大変な一日だった。
それに、ルリちゃんのお父さんが校長先生
だったなんて、おどろきだ。
「あ、校長先生とルリちゃんのおじいちゃんって」
「……にている‼」

著者紹介

作 有田奈央（ありた・なお）

1979年福岡県生まれ。
『おっぱいちゃん』（ポプラ社）で絵本作家としてデビュー。同作で第24回けんぶち絵本の里アルパカ賞を受賞。そのほかの作品に『じごくバス』（作を担当）『トイレこちゃん』（絵を担当、以上ポプラ社）『おならひめ』（作を担当、新日本出版社）などがある。

絵 安楽雅志（あんらく・まさし）

1975年生まれ。広島県育ち。
飲食店の壁画、看板、鳥瞰図、映像など、「ニッポン」をテーマになつかしさとユーモア、迫力ある絵をえがく。作品に『じごくバス』（絵を担当、ポプラ社）、ひげラク商店の名で『カレー地獄旅行』（パイ インターナショナル）『ガイコツ先生のひみつ教室』（毎日小学生新聞）などがある。

じごく小学校シリーズ 4

じごく小学校 いたずらの天才と悪の優等生

発行	2024年8月 第1刷
	2025年6月 第2刷

作	有田奈央
絵	安楽雅志
発行者	加藤裕樹
編集	髙林淳一
発行所	株式会社ポプラ社
	〒141-8210 東京都品川区西五反田3-5-8 JR目黒MARCビル12階
	ホームページ　www.poplar.co.jp
印刷・製本	中央精版印刷株式会社
ブックデザイン	楢原直子（ポプラ社デザイン室）
校正	株式会社鷗来堂

作中の絵探しなどは、答えが見つかるまで何度でも挑戦してみてね
by校長先生

ISBN978-4-591-18248-2　N.D.C.913　95p　22cm
© Nao Arita / Masashi Anraku 2024　Printed in Japan

落丁・乱丁本はお取り替えいたします。ホームページ（www.poplar.co.jp）のお問い合わせ一覧よりご連絡ください。

読者の皆様からのお便りをお待ちしております。いただいたお便りは著者にお渡しいたします。

本書のコピー、スキャン、デジタル化等の無断複製は著作権法上での例外を除き禁じられています。
本書を代行業者等の第三者に依頼してスキャンやデジタル化することは、たとえ個人や家庭内での利用であっても著作権法上認められておりません。

P4171004